소녀
희순

소녀
희순

권은혁 지음

좋은땅

들어가며

나는 엄마다.

일어나 보니 엄마였을 것이다.

내 딸 수진이가 나를 엄마로 낳았으리라.

이 가정이 썩 나쁘진 않다.

사랑하는 남편과 날 닮은 아이들.

내 꿈은 우리 네 식구 오순도순 평범하게 사는 것 그뿐이었다.

하지만 그 소박하다 생각한 꿈이 무너졌다.

이제 더 이상 나를 소녀라 불러 주는 이는 없다.

이 세상 나를 떠올리며 미사여구를 생각해 낼 이 하나 없다.

그때 우리가 마주치지 않았다면

쉽게 좌절했다면

뜨겁지 않았다면 어떻게 됐을까.

그이는 날 떠나지 않았을까? 지금의 나는 행복했을까?

그랬을 수도 있겠지.

하지만 수진이 엄마는 없겠지.

그리고 날 소녀라 불러 줄 이도 없었을 거야.

내가 되고 싶다.

미치도록 소녀이고 싶다.

목차

1부

둘째

둘째는 서럽다. 육 남매 중 둘째인 나는 서러운 기억뿐이다. 언니의 옷과 신발은 이 년 후 당연히 내 것이 되는 것이었다. 어머니가 언니의 새 옷을 사 오는 날이면, 그날 언니는 입이 찢어져라 행복했다. 그리고 이 년 후 내가 행복해질 것이다. 그래야만 했다. 언니가 이 년, 내가 이 년을 입고 나면 옷이 해져 셋째인 여동생에게는 새 옷을 사 주셨다. 이것은 지천명의 나이에도 억울한 일이다.

그러던 어느 날, 아버지께서 나만을 위한 빨간 구두를 사 오셨다. 열두 살 평생 그렇게 설레고 잠을 설쳤던 적은 없었다. 혹여나 언니가 지나가는 바람결에 닳아 없어질까 품에 품고 살았다. 동이 트면 마루와 봉당 사이, 누렁이 발조차 안 닿을 곳에 신발을 두었고, 등교 전 여섯 시간 동안 나만을 기다릴 빨간 구두에게 허리 숙여 안부를 물으며 집을 나섰다.

몇 날 며칠이 지났을까. 계절이 바뀌었으니 서너 달은 족히 지났던 것 같다. 단 하루도 나의 빨간 구두를 잊은 적이 없다.

유독 지랄 같던 닭이 울지도 않고 햇볕이 허벅지까지 들어오는 사월 어느 토요일, 그날은 아랫마을에 살고 있는 아버지의 오랜 친구 집에 잔치가 있었다. 그 집엔 나를 좋아하던 현수가 있었다. '오늘이 바로 그날이야. 나의 빨간 구두님을 맞이할 시간!' 부푼 기대와 벅찬 가슴을 움켜잡고 먼지 쌓인 빨간 구두를 꺼내 들었다. 먼지와 모래를 들어내니 빨간 구두는 잘 익은 사과보다 탐스러웠다.

아직은 쌀쌀했지만, 흰색 반팔 원피스에 무릎 밑까지 올라오는 양말을 신고 빨간 구두에 발을 넣었다.

'아뿔싸…'

머릿속이 하얘졌다. 발이 들어가지 않는다. 어찌 된 일일까. 잘못돼도 크게 잘못됐다. 이럴 수는 없다. 아까워 단 한 번도 신지 않았는데 말이다. 구멍 나고 작아진 신발을 꺾어 신으며 빨간 구두를 아꼈건만,

'아… 작아진 신발'

그날 잔치는커녕, 갓 태어난 아이처럼 목 놓아 울었다.

가족들 모두 잔칫집에 간 사이, 이 사실을 알면 우리 아버지 속상할세라 뒷굽을 바위에 긁고 흙을 묻혀 마루 밑에 두었다.

며칠 후 빨간 구두는 보이지 않았다. 아마 우리 집 효자 누렁이가 그 빨간 구두를 신고 잔치 끝난 아랫마을에 갔다 두고 왔을 것이다.

잡초

아파트 단지 내 작은 텃밭이 있다. 한 평 남짓 땅에 상추와 깻잎, 고추를 심었다. 사실 농작에 취미는 없다. 나의 관심사는 오로지 '잡초'다. 나는 그것들을 모조리 뽑아 버리는 악덕 지주다.

초등학교 이 학년, 만 일곱 살이었던 나는 약 일 년간 외할머니 댁에 맡겨졌다.

외삼촌이 군 입대를 하면서 홀로 적적하실 외할머니의 말동무를 위해서였다.

학교와 외할머니 집까지의 거리는 일곱 살 고무신으로 왕복 네 시간은 족히 걸렸다.

아무것도 모르는 어린 나이에 이것이 큰 불평은 아니었다. 다만 나의 고충은 외로움이었다.

노을 지는 하굣길 하늘을 바라보며 터벅터벅 걸음에 맞추어 한 방울씩 떨구는 눈물은 몇 달이 지나도 마르지 않았다.

외할머니께서는 짐 보따리를 매고 종종 나가셨는데, 한 번 나가시면 일주일은 들어오시질 않았다. 가녀린 손녀가 혼자 무얼 먹는지 집엔 들어가는지 궁금하지 않으셨으리라.

나는 학교에서 불우 이웃에게 나누어 주는 전지분유를 끓여 달걀노른자 하나 띄워 하루의 끼니를 때우거나 해 질 녘 이름 모를 밭에 나가 감자와 고구마 서리를 해 먹는 것이 전부였다. 내 키가 작은 이유는 틀림없이 이 때문이다.

외할머니께 팔려 가던 날, 어머니는 나에게 당부했다. "할머니께 미움받지 말고, 시간이 날 때마다 마당에 나가 잡초라도 뽑으렴."
나는 가족들이 보고 싶은 날이면 잡초를 몽땅 뽑았다. 하지만 잡초는 나의 외로움과 같아, 아무리 뿌리를 뽑아도 내일이면 또 다른 싹을 틔웠다.

사십 년이 지난 지금도 잡초와 나는 애증 관계다. 돌아가신 어머니가 그리울 때면 잡초를 뽑는다.

외로운 등굣길

중학교 이 학년 때, 언니와 세 살 차이가 나 일 년간 혼자 등하굣길을 걸었다. 편도로 대략 십 리 정도 되는 거리였지만 언니와 함께 다닐 때에는 이리 먼 거리인지 미처 몰랐다.

이른 아침, 저수지에서 붕어 주둥이가 유독 뻐끔거리는 어느 날이었다.
이 저수지를 지나면 산에 철썩 붙은 비포장길이 산의 치맛자락 따라 꼬불꼬불 나 있었고, 그 옆엔 이 밭 저 밭들이 열 맞춰 길게 즐비했다. 밭들이 보이면 나는 어김없이 낙엽을 하나 주었다. 잎이 찢어지지 않은 예쁜 낙엽을 고르고 골랐다.
나의 외로움을 달래 주는 등굣길 친구는 밭도랑에 띄우는 낙엽이 유일했다.
낙엽은 제법 오래 나와 발을 맞추어 주었고, 그 친구와 이런저런 이야기를 나누며 등교하면 쓸쓸하지 않았다.

그날도 어김없이 손바닥만 한 낙엽 하나를 띄우며 함께 등교를 하고 있었다. 그런데 이 낙엽 녀석이 학교 가기 싫은 나의 마음을 안 것일까. 유독 걷는 속도가 느렸고 얼마 안 가 결국 걸음을 멈춰 섰다.

몇 미터 앞을 보니 도랑물 길이 돌과 포대 자루로 막혀 있었다. 나는 후다닥 뛰어가 그것들을 옆으로 치우고 물길을 텄다. 낙엽은 다시 내 발걸음에 맞추어 걸었다.

그 순간, 밭에서 거센 고함이 들려왔다. 분명 나를 향한 고함이었고, 이내 울그락불그락 표정을 한 아주머니가 내 앞에 섰다. 이 아주머니는 황해도 해주 출신으로 마을에서도 유독 말투가 거칠기로 유명했다. 아주머니는 "너구나!" 하며 다짜고짜 다그치고는 나의 어깻죽지를 붙잡고 이내 우리 집까지 끌고 갔다.

'내가 뭘 잘못했지? 이 아주머니 뭔가 큰 오해를 하고 있다' 생각하며 억울한 감정에 눈물이 맺혔고 곧 우리 집 대문이 보였다.

아주머니의 고함에 어머니는 벌써부터 집 앞에 나와 있었다. 아주머니는 나를 어머니에게 내던지듯 밀며 시끄럽게 떠들어 댔다.

영문도 모른 채 내가 잡혀 온 이유는 밭도랑에 둔 돌과 포대를 치웠기 때문이었다. 그 이유 때문에 나를 개 끌듯 끌고 온 아주머니를 이해할 수 없었다. 그런데 어머니는 죄송하다며 몇 차례 고개를 숙였고, 내 등짝을 세게 내리쳤다. 어머니의 손이 맵기도 했지만 억울한 마음에 눈물이 터져 나와 아무 말도 할 수 없었다. 아주머니는 어린 나의 사과까지 받으시고는 씩씩거리며 걸음을 돌렸다. 어머니는 서럽게 울고 있는 나에게 "뭘 잘했다고 울어! 얼른 학교나 가!" 하며 대문을 매몰차게

닫았다.

나는 등교하는 내내 울었다. 학교에서도 온종일 속이 상했다.

그날 저녁 아버지가 이야기해 주셨는데, 농번기 때 마을 사람들이 시간을 정하여 물길을 막아 두고 밭에 물을 댄다는 것이었다.

그날 이후 내가 크게 혼났다는 소문을 들었는지 그 친구는 나와 함께 걸어 주지 않았다.

외로운 등굣길이 이어졌다.

서울 유학

아버지는 형제 중 가장 공부를 잘했던 나와 미술에 꿈을 가진 넷째 동생을 서울 친구분 댁으로 유학 보냈다.

찢어진 갱지 일력 뒷면에 적힌 주소에 도착했다. 녹슬고 널찍한 철로 된 간판에는 본래 '빨래터'라고 되어 있던 글자를 떼어 내고 '세탁소'라고 다시 붙인 흔적이 보였다.

안이 훤히 보이는 고동색 양철 미닫이문을 드르륵 열면, 유독 코를 찌르는 기름 냄새와 함께 정면에 큰 공업용 세탁기 두 대가 있었다. 사방에는 온갖 셔츠가 즐비했고 흰 저고리 치마들이 몇 보였다.

아버지의 오랜 고향 친구인 세탁소 주인아저씨는 나와 동생을 해맑게 반겨 주시며 아버지와의 추억을 내리 한 시간 쏟아 냈다.

커다란 세탁기 오른쪽 벽면으로 좁은 골목이 나 있었는데, 그 골목을 지나 나무 문을 열면 열 평 남짓 마당과 화장실이 있었다. 일 층은 주인아저씨 댁이었고 나와 동생은 이 층 방 한 칸에서 지내게 되었다.

늦은 저녁 하교할 때에는 세탁소를 가로질러 다녔는데, 그때마다 주인아주머니는 항상 가게 안 마루에서 마른 오징어와 막걸리를 마시며 "십오야 둥근 달~" 노래를 불렀고, 주인아저씨는 자개 무늬가 박힌 검정 재봉틀 페달을 밟으시며 줄곧 욕을 하셨다. 이 모습은 하루도 빠짐없이 이어졌다. 주인아주머니의 맛깔난 노래에 맞추어 사이사이 추임새로 욕을 채워 넣는 아저씨. 내 어린 눈에 두 분은 분명 이를 즐기는 것처럼 보였다.

한 날은 하교 후 세탁소 문을 열었는데, 그날은 아주머니가 잣이 박혀 있는 새빨간 배추김치를 안주로 둘둘 말고 있었다. 내가 그 김치를 얼마나 집중해서 봤는지, 고춧가루 크기가 '아주머니 몸뚱어리만큼 크구나' 생각하며 군침을 삼켰던 기억이 난다.

아주머니는 김장김치를 했다며, 일 층 집 안 거실 냉장고에 많이 두었으니 언제든지 꺼내 먹으라 했다.

며칠 후, 두 분은 저녁 늦게 외출을 하셨다. 이때만을 기다린 나와 동생은 방에 나뒹굴던, 일부러 버리지 않고 있던 검정 비닐봉지 하나를 주워 들었다. 마치 도둑이 된 것처럼 콩닥거리는 심장 소리를 들으며 일 층으로 향했다.

주인댁 집 문이 열리고, 부잣집 금고처럼 보이는 영롱한 냉장고가 보였다. 그때부터 김치의 짜릿한 향이 나와 동생을 미친 듯이 설레게 했다.

냉장고엔 김치로 가득 찼고 그중 가장 큰 빨간 김치 통을 꺼냈다. 동생은 구겨진 비닐에 구멍은 없는지 입김을 불어 보았고, 이내 봉지 주둥이를 벌렸다. 나는 김치 통에 담긴 김치 국물을 조심히 졸졸졸 쏟았다.

그리곤 뚜껑에 묻은 국물을 닦으며 완전 범죄의 희열을 느끼듯 조심스레 김치 통을 제자리에 두었다.

이 층 방으로 올라오자마자 나와 동생은 찬밥을 고봉밥으로 한 그릇 담았고, 밥 한 숟가락 김치 국물 한 숟가락 번갈아 가며 먹었다.

나의 유학 생활 중 가장 맛있는 기억이다.

옆집 언니

어머니는 이따금씩 나를 앉혀 두고 옛날이야기를 해 주셨다.

지금부터의 내용은 어머니가 이야기해 주신 것 중 지금까지도 또렷이 남은 '여자'에 대한 이야기이다.

「1952년 봄, 총소리 세 발이 연이어 울렸다. 산울림을 타고 고개를 넘어오는 소리가 아닌 마치 번개와 천둥이 함께 치듯 아주 가깝게 느껴졌다.

바로 옆집에서 화약 냄새가 담장을 넘어 들어왔고, 구멍 난 담장으로 기어가 숨죽여 이를 지켜봤다.

옆집에는 열여덟 살 언니와 북한군으로 보이는 군인 한 명이 있었다. 옆집 언니는 대문에 몸을 기대어 앉아 있었고 움켜쥔 왼쪽 손가락에서는 피가 흐르고 있었다. 겉치마가 벗겨지고 옷고름이 한쪽만 있는 것으로 보아 격한 몸부림 끝에 도망가다 총에 맞았다고 생각했다.

북한군은 주변을 전혀 의식하지 않은 듯 보였고 꺽꺽 소리를 내어 웃으며 총구를 옆집 언니의 음부에 가깝게 겨누며 말했다.

"너 이게 뭔지 아니?"

옆집 언니는 사시나무 떨듯 몸을 주체하지 못하다 입을 떼려는 순간에는 온몸의 진동이 멈췄다. 이는 죽기 직전의 결단에서 나오는 행동이었다.

"이건 미국 대통령도 낳고, 니 같은 빨치산도 낳는 것이다." 언니의 절규와 같은 외침은 결코 단말마가 아니었다.

총소리보다 더 큰 언니의 외침이 끝난 후 총소리가 다시금 연이어 났다.」

소녀1

아들이 귀했던 그 시절
우리 어머니는 날 낳았을 때 기뻤을까.
웃기만 해도 손뼉 박수받던 시절이
나에게도 있었을까.

누구에게나 옹알이에 감탄 받던 시절이 있었고
누구나 한 번쯤은 사랑에 아팠을 것이다.

나는 무엇을 위해 태어나 이토록 열심이고
나의 이번 생은 왜 이리도
주구장창 아프기만 할까.

이 나이 되도록 이유를 모르겠다.
죽기 직전에는 깨달을까?

모르겠다.

다만, 여자는 죽을 때까지 소녀로 살아야 행복하다.

아버지

평소 과묵하고 말수가 적은 아버지는 술만 드시면 엄지를 치켜세우며 "떵호와"를 외치셨다.

"아버지는 어째 허구한 날 술이야!" 막내딸의 꾸지람에도 아버지는 아이처럼 해맑게 웃음으로 대꾸했다.

아버지의 애창곡이었던 〈번지 없는 주막〉 노래처럼 아버지는 장소를 불문하고 술을 가까이 두셨다.

술 때문에 일찍 돌아가셨다고 생각하지만, 기분 좋게 취하신 아버지의 모습이 마냥 싫지만은 않았다.

아버지에게 술은, 자식들에 대한 애정 표현이었다.

아버지는 하루도 빠짐없이 술을 드셨다.
하루도 빠짐없이 우리를 사랑했다.

김치볶음밥

물엿을 쏟아부어 밥알이 반들반들한 김치볶음밥이 되었다.
큰 대접에 고봉밥으로 높이 쌓아 아버지 앞에 두었다.
초등학생이었던 내 입맛에도 너무 달아 거북함이 느껴졌다.

아버지는 아무 말 없이
물 한 모금 마시지도 않고 금세 그릇을 비우시고는
"맛있네." 한마디 하며 일어나셨다.

시민시장

어머니께서 일찍이 돌아가시고, 아버지의 두 번째 반려자는 술이었다.

어느 겨울 늦은 밤, 그날도 어김없이 아버지의 오랜 친구분 전화를 받으며 주섬주섬 낮에 신었던 양말을 신었다.

"희순이냐? 네 아버지 모시러 와라."

위치를 묻지도 않았다. 일평생 올곧은 우리 아버지께서 가실 곳은 두어 곳뿐이었다.

초지동 시민시장 참새구이 식당으로 들어갔다. 딸 속도 모르고 참 기분이 좋아 보이신다.

"가자 아버지!"

"그래, 가자 희순이!"

"아버지는 맨날 참새구이래, 다른 맛난 것 좀 드셔."

"당연히 이걸 먹어야지."

"당연히가 어딨어, 빨리 가자 춥다."

소란스러운 시장을 지나자 아버지는 깊은 한숨을 쉬었다.
그리곤, 차가운 벽돌 같은 두 손으로 내 손을 꽉 움켜쥐었다.

아버지는 "네 엄마 보고 싶지?"라고 말하셨고
나는 "네 엄마 보고 싶다."라고 들었다.

언니

언니는 아버지를 포함하여 우리 가족 모두의 엄마가 되었다.

언니는 온갖 악역을 도맡았고 집안의 모든 교통정리를 하는 경찰관과 같았다.

누구도 언니의 고집을 꺾을 수 없었다.

어떤 날은 히틀러와 같았고 또 어떤 날은 한 손으로 제방 붕괴를 막은 이름 모를 네덜란드 소년과도 같았다.

어느 날, 언니가 주방에서 안방으로 넘어오는 문지방에 발이 걸려 넘어졌다.

손을 짚으며 넘어졌기에 다치기는커녕 '쿵' 하는 소리도 나지 않았다.

하지만 언니는 오른쪽 엄지발가락을 움켜잡으며 주저앉았다.

그 자리에서 내리 십 분을, 한참을,

목 놓아 울었다.

헛웃음

뼛속 깊이 파란 안개는

죽을 듯

외로웠다고 속삭이는 나 같아

웃음이 난다

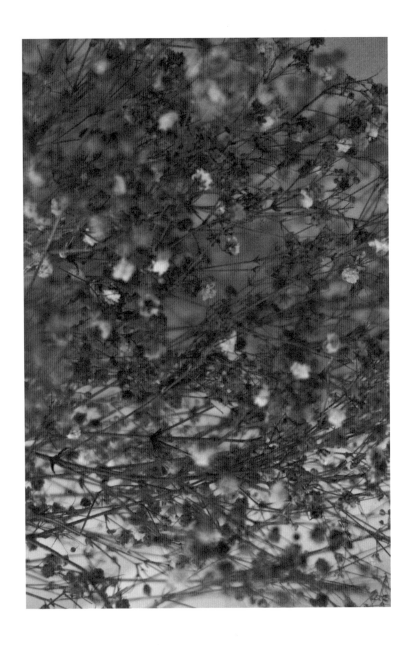

소녀 희순

2부

완겨

어느 날 어머니는 지푸라기 여러 움큼을 가져오시며 내게 건넸다
지푸라기를 푸니 빨간 사과가 싸여 있었다

먹어 보지 않아도 사과가 단 것이 향을 통해 느껴졌다
완겨의 구수한 향은 우리 아버지 옷 내음과 닮았다

탐스럽고 누구든 홀릴 것 같은 모습의 사과와
이를 와락 감싸 안고 있는 완겨

나는 빨간 사과가 되었고
완겨와 같은 사람을 만났다

아직도 손끝에
완겨의 향이 남아 있다

봄

봄의 따스한 볕을 머금어
빛 바램이 적당하고
모든 자연이
여러 색을 띠는데
유일하게 한 가지 색을 띠는 것은
당신뿐이더군요

그대는 새벽녘과 같아서 명암이 없고
가라앉은 구름이
연푸르고 편안하게
외로운 나의 가슴에 와닿더군요

흩날리는 민들레 씨앗이 떨어지는 것임을
사랑에도 무게가 있음을
알려 준 그대는
봄의 신처럼 유일하더군요

꽃

수많은 꽃들 중
나의 발길 머문 꽃이 있다

가시마저 아름다운 꽃

조심스레 꺾어
내 품에 드리우고 싶지만
그럴 수 없다

손이 닿자
그대의 향이
내 손에 물들었고
쉽사리 온몸이
그대의 색이 되었다

내게도 싹이 돋지만

그대 대신 꽃을 표현할 수 없다

사랑의 시작

언제부턴가 난 당신을 알았고
언제부턴가 난 당신을 그렸습니다
언제부터인지
동그라미 속엔 당신의 얼굴을
텅 빈 공간에선 당신의 이름을 불렀습니다

언제부턴가 난 당신이 보고파졌고
언제부턴가 난 당신이 좋았습니다
언제부터인지
꿈속에서 당신을 만났고
아름다운 색도 칠했습니다
이것이 사랑의 시작인 줄 이제야 알 것 같습니다

까닭

꽃은 아름답기에
시들어야 하고

인생은 즐겁고 파랗기에
사그라져야 하는가 보다

시간은 소중하기에
흘러야 하고

사랑하는 님은 먼 곳에 계시기에
그리운가 보다

당신 오시는 날엔

당신 오시는 날엔

나 어여쁜 손으로 당신을 맞으리다

앞치마도 벗고

흙 묻은 손도 씻고

나물 캐는 바구니도 옆에 두고

당신을 위해 나 나가리다

당신이 오시는 길엔

예쁜 꽃 융단으로 당신 앞에 깔아 드리리다

오시는 걸음걸음에 향수를 얹고

푸성귀를 따다가 맛있게 절여 두고

당신을 위해 나의 꽃을 드리리다

당신이 부르시는 곳엔

나 어디든 가리다

흐르는 물줄기 맞고
거친 낭떠러지를 가더라도
나 그대 따라가리다

짝

내가 어떤 사람인지
하나부터 열까지
모조리 알고 있는 신이
내 짝을 보내 준다면

그 사람은
의심 없이 당신일 것입니다

값어치

여자는
값어치를 따지지 않고
주는 사랑에 대해 기억한다

당신을 생각하는 일 외엔 소질이 없다

어렸을 때부터 너무 평범했다.
유달리 잘하는 것도 없고, 그저 있는 듯 없는 듯한 사람이었다.
손재주가 좋거나 말을 유창하게 잘하지도 못했다.
일탈하거나 어디서 나서는 사람도 아니었다.

지금도 그렇다.

당신을 생각하는 일 외엔 소질이 없다.

내게 주오

어둠이 찾아드는 이곳에
그대의 불빛을 내게 주오
나는 두 손으로 받쳐 들고
정성스레 가꾼 나의 들을 밝히리니
그대의 사랑하는 마음을 함께 엮으리라

보름달이 스며드는 내 창가에
그대의 숨소리를 내게 주오
내 비록 손은 작아도
아름다운 마음으로 맞이하리니
그대의 사랑하는 마음을 함께 밝히리라

윤기 없이 마른 대지에
그대의 물을 주오
내 비록 향기는 없을지언정

아낌없이 그대를 향하리니
그대의 사랑하는 마음을 함께 떠오리라

나의 사랑

세상과 싸우려 사랑을 한다
나 자신은 초라해
세상과 싸울 힘이 없고
내게 힘주시는 신이란 없다

나는 사랑에 올가미를 치고
내가 온전키 위해 스스로 목을 건다

내 언젠가
세상의 정상에서
사랑하는 이의
이름을 부르리라

다른 세상에 산다 말하자

자신들의 사랑만을 영원이라 하고
관용적인 사랑을 말하는 세상과
싸울 이유가 없거든

나는
다른 세상에 산다 말하자

이런 당신이어서 좋습니다

돈가스보다 설렁탕을 좋아한다
식당에 들어가 의자를 조심히 들어서 빼 앉는다

반드시 숟가락은 왼쪽, 젓가락은 오른쪽에 두고 밑 끝을 일자로 맞
춘다
테이블 위에 놓인 김치, 깍두기 항아리에서 각각 조금씩 꺼내어 하
나의 접시에 담는다

밥을 다 먹은 후엔 빈 접시와 사용한 수저들, 휴지를 한곳에 가지런
히 모은다
엉덩이를 의자와 함께 살며시 들며 일어선다

계산할 때는 너무 맛있다는 말을 항상 건네고, 주방 쪽을 향해 "잘 먹
었습니다." 인사한다

신의 언어, 사랑

수백수천 년 전부터 인간은 사랑에 대한 정의를 내려왔다.

하지만 지금까지도 우리는 사랑에 대해 누구나 공감할 수 있는 보편적인 정의를 내릴 수는 없었다.

셰익스피어는 〈비너스와 아도니스〉라는 서사시에서 사랑에 대하여 설명했다. '사랑하는 아도니스가 죽었으니 사랑의 신. 나 비너스는 다음과 같은 저주의 예언을 하노라 (이하 생략)'

셰익스피어는 사랑에 대한 구체적인 묘사를 그렸고, 시공을 초월해 사랑은 똑같다는 것을 느낀다. 하지만 셰익스피어도 사랑을 정의할 수는 없었다.

사랑은 우리가 정의 내리거나 이해할 수 없는 것 같다. 사람마다 각기 다른 유형의 사랑을 하고 느끼는 감정이 다르지만, 우리는 그것을 통상적으로 동일시하며 모두 '사랑'이라 칭했다. 어떤 이에게 사랑은 봄비처럼 따뜻한 것이고 또 어떤 이에게는 칼바람이다.

이렇듯 사랑은 단수가 아니거나 인간 모두 사랑의 일부만 깨달으며 죽는 것이다.

사랑의 사전적 의미는 '아끼고 좋아하는 마음'이다. 하지만 우리 모두 좋아하는 감정과 사랑하는 감정이 다르다는 것을 인정할 것이다.

수천 년 전부터 현재까지 가장 많은 노래의 주제는 당연 사랑이다. 수천 년간 사랑을 노래로 외쳤음에도 정의할 수 없는 이유는 무엇일까?

우주의 신비와 자연은 비교적 수백 년 전보다 많이 입증되고 조금은 이해가 되지만 사랑에 관해선 그렇지 못했다. 사랑만큼 이해하기 힘든 것이 또 있을까?

이렇게 반문할 수 있다. "난 우리 가족을 사랑해, 확실히 느낄 수 있어." 혹은 "사랑은 A야. 분명해." 그렇다면 이 감정에 대해 설명할 수 있을까? 내가 생각해 온 사랑에 대한 결론이 종종 시간이 흐름에 따라 바뀌지는 않았나?

사랑을 충만히 느낄 때 말로 표현할 수 없는 벅찬 감정을 느낀다. 심장이 두근거리고 온몸이 주체할 수조차 없는 사랑을 느낄 때 나는 무어라 말을 하고 표현했던가. 그때 내가 했던 말과 표현이 그 당시의 마음을 온전히 대변할 수 있었나?

우리는 이해할 수 없는 상황이나 믿기 힘든 상황일 때 이렇게 말한다. "Oh My God."

사랑은 인간의 언어로 표현할 수 없다. 이유는 인간의 언어가 아니기 때문이다. 우리가 알고 있는 단어와 표현만으로는 사랑을 모두 표출할 수 없다. 아무리 휘황찬란한 단어와 은유를 써서 사랑을 전하고 싶어도 내 마음을 모두 충족시킬 수는 없다.

하지만 마음을 전달하려 애쓰지 않아도 된다. 이미 내가 그런 감정을 갖고 있다면, 상대방은 나의 눈빛, 몸짓, 혹은 눈에 보이지 않는 기(氣)로 알 수 있을 것이다.

사람은 자신만의 종교를 갖는다. 전 세계 모든 종교를 망라하고 궁극적으로 추구하는 것은 '사랑'이다. 평생에 걸쳐 종교를 통해 배우는 것, 가르치는 것은 결국 사랑이다. 이렇듯 신이 종교를 통해 우리에게 알려 주고 싶은 것은 오로지 사랑이다. 모든 인간이 사랑에 대해 깨닫는다면 이 세상 모든 종교는 사라질 것이다. 하지만 우리는 앞으로 수천 년이 지나도 알 수 없을 것이다. 신을 이해할 수 없듯이.

3부

소녀2

내가 아직도 소녀인 것은
가슴 속에
그대가 있기 때문이고

내가 아직도 소녀이고 싶은 것은
그대가
옆에 있어 주길 바라는 마음이다

조각 닭튀김

충청북도 단양에 요즘은 찾아보기 힘든 닭집이 있었다. 내가 여태 치킨을 좋아하는 이유는 이 닭집 때문이다.

그곳은 생닭과 계란을 파는 곳이지만 닭튀김이 유명한 동네 맛집이었다.

그곳은 닭 여러 마리를 모조리 조각내어 한 통에 담아 두고, 염지하여 보관해 두었다가 닭을 구분 없이 몇 움큼 쥐어 담아 튀겼다.

어느 날은 다리가 무려 네 개나 들어 있던 날도 있었고, 또 어떤 날은 다리 하나 없이 목만 세 개나 있는 날도 있었다.

양은 분명 한 마리는 넘는 양이었고, 주로 신발 상자나 종이로 된 아무 상자에 신문지 몇 장을 깔고 갓 튀겨진 노릇한 조각 닭을 대충 쏟아 부어 건네주는 닭집이었다. 단짝인 무는 직접 담갔는지, 이 또한 어느 날은 적절히 시고 달았으며 또 어떤 날은 떫은맛이 강한 날도 있었다.

시댁에서 분가하기 전인 추운 겨울, 수진이를 낳고 얼마 안 되었을 때다.

그이가 퇴근하면서 이 닭튀김을 아버지 어머니, 누이와 형, 여동생

몰래 품속에 품고 히죽거리며 방으로 들어왔다. 매섭게 추운 날씨였는데 뜨거웠던 닭튀김으로 보아 닭집에서부터 품 안에 품고 왔을 것이다.

들키면 어쩌냐는 꾸지람을 딱 한 번 말하고 서로 웃으며 몰래 닭을 뜯었는데, 그 맛이 잊히지 않는다. "오! 오늘은 다리가 세 개네?" 하고 광대를 치켜세우며 내 쪽으로 세 개 전부 건네주는 그이었다.

잠시 후, 철만 없는 줄 알았는데 눈치도 없던 시동생이 문을 덜컥 열고 들어왔다. 세상 놀란 나는 죄수가 된 것마냥 고개를 푹 숙였고, 이내 시동생은 소리를 지르기 시작했다. 곧 시어머니께서 부리나케 달려왔고 혀를 차며 혼을 내셨다. 어찌나 크게 혼을 내셨는지, 딸 낳은 눈칫밥이 소화가 다 되었었다.

천사

아들이 다섯 살 무렵, 나에게 와 물었다.
"누나와 나는 어떻게 태어났어?"

대답하지 못하고 이내 내가 물었다.
"아들은 어떻게 태어났어?"

아들이 말했다.
"천국에서 친구들이랑 놀고 있었어. 그런데 갑자기 의사 선생님이
불렀지 뭐야.
　귀찮았는데 지금 아니면 엄마 아빠를 못 만나고, 다른 엄마 아빠를
만날 것 같아서 급하게 나왔어."

소녀 희순

매미 소리

매미 소리에 잠에서 깬 다소 이른 아침이었다.

덕분에 일찍이 아침밥을 먹었고

그날은 여느 주말과는 다르게 오전이 길게 느껴졌다.

나와 그이는 매미 소리에 불평했지만 아이들은 들뜬 듯 보였다.

곧이어 아이들이 잠자리채를 하나씩 들고 집 앞 분수대로 매미 사냥을 나섰다.

얼마 만의 여유로운 주말이었는지,

그날은 낮잠을 청하기보단 알 커피를 따뜻하게 마시고 싶었다.

몇 년 전 오랜 지인으로부터 받은 독일제 찻잔이 생각났다. 싱크대 서랍을 뒤지다 맨 꼭대기에서 영롱한 색을 띠는, 이름 모를 꽃잎이 그려진 그 찻잔을 찾았다.

내 키가 백오십오 센티미터도 안 되는 것을 망각하고 까치발을 들고 손가락을 쭉 뻗으며 낑낑댔다.

나의 사소한 신음 소리에 그이가 냉큼 걸어 나왔고, 으스대며 쉬이 찻잔을 꺼내 주었다. 그이는 대단한 일을 해낸 것처럼 상기된 목소리

와 특유의 장난기 있는 말투로 "나 없으면 어쩔래!?" 하며 찻잔을 건네
주고는 곧 뒤돌아 안방으로 들어갔다.

우리는 결혼한 지 칠 년이 넘은 부부였고, 그때도 우리는 남자와 여
자로서 서로를 사랑했다.
문득문득 소년과 소녀로서 서로를 사랑했다.

매미 소리가 정겹다.

소녀3

말실수를 하거나
평소 나와는 다른 모습을 보여도
당신 앞에서는
얼굴이 빨개지거나 하지 않았습니다

다만
당신이 건넨 꽃 한 송이가
나의 얼굴을 붉게 물들였습니다

침대

그대의 모습이 묻어 있는 침대는
나를 재우지 않고

그대만 갈망하는 가슴이
벅차 사라질 듯

나는 이 세상 아닌
어느 곳에서
그대를 느끼고 싶습니다

마지막 눈물

그이는
반쯤 눈을 뜨고 잠이 들었다

시어머니와 나, 수진이의 손을 거쳐
아들의 손이 닿자

그이는
마지막 눈물을 흘리며
눈을 감았다

4부

숲

그대는
잎으로, 나무로, 숲으로
가는 것이라 했고

사무치게 보고 싶을 때면
그이가 가득 찬
숲으로 간다

저녁 밥상

오후 다섯 시 십 분 전,

두 아이의 육아 씨름에서 벗어나 그이의 퇴근 시간에 맞추어 저녁
밥상을 준비한다.

'칙칙폭폭' 압력솥에 고슬고슬 흰쌀밥을 짓고

콩나물은 대가리 껍질이 벗겨지도록 물 담긴 큰 그릇에 넣고 흔들어
댔다.

푸른 생선 한 마리를 꺼냈다.

밀가루를 꾹꾹 눌러 싱크대 옆에 잠시 두고

팬에 콩 식용유를 넉넉히 부었다.

오늘 친한 언니가 운영하는 닭집에서 금이 간 달걀을 싸게 사 온 김에

달걀을 여섯 개나 쏟아붓고 붉은 당근과 쪽파로 색을 적절히 맞추
었다.

며칠 전 미리 절구로 다져 놓은 마늘 반 수저 넣고 맛소금 네 꼬집을
넣어 계란을 다소곳이 말았다. 이어 밀가루 미백 된 고등어 한 마리를

기름 자작한 팬에 내려놓았다.

잔칫날도 아닌데 꼬박 두 시간이나 걸렸다.
나무로 된 둥근 좌식 밥상에 음식들을 정갈하게 열 맞추어 차렸다.

수진이와 아들, 그리고 나.

왜 안 옵니까. 당신

첫 번째 편지: 나비

당신은 나비가 되었겠지요
당신이 가벼워졌다면
그걸로 족하면서도
우리 자식들 어깨에 앉아
쉬다 가진 마세요

당신은 몇 가지 물건을 남겨 두었어요
일제 필름 카메라와
잉크가 드문드문 지워진 바둑판은
먼지가 쌓였지만
우리에게 무척이나 어울리는 물건이라고 생각해요

당신의 손자국이 묻어 있는
베란다 창틀에 서서
몇 시간 동안이나 하염없이 하늘로…
하늘로 이 사무치는 감정을 올려 보내요

당신 없는 이 지저분한 여백의 하루하루가
고요할 줄만 알았는데
미성숙하고 폭력적인 감정으로
시끄러운 나날을 보내요

가끔 당신의 목소리가 들려요

어디 있나요

부르면 항상 달려왔잖아요 당신

후회

너는 인연이 아니라 말했고
나는 인연은 만드는 것이라 말했다

너는 아직 때가 아니라 말했지만
나는 이것이 막차라 말했다

너는 고맙다 말하며 떠났고
나는 그저 미안하다고 말했다

그대를 떠다 소원을 빌었다

머리맡에 두었던 성경 책을 치웠다

그이도, 신도 없다

나의 두 우상을 땅에 묻었다

외로움의 월경이 찾아온다

내 손으로 그대를 빚었다

마른 뼈에 입김을 불어
그대가 살아나리라

아침에 일어나
그대를 떠다 소원을 빌었다

오아

금방 오아 떠난 당신
왜 아니 오나요
하루가 가고 이틀이 갔는데
왜 아니 오시나요
내일이면 오실 당신이건만
그래도 오늘이 그리운 걸 어찌합니까

얼른 오아 떠난 당신
왜 소식 없나요
달이 지고 해가 지고 또 지는데
새가 울고 또 눈발이 날리건만
아니 오시는 당신
내일이면 오실 당신이건만
그래도 오늘이 보고픈 걸 어찌합니까

고독

님 계신 곳이 그리워
홀로 지내는 이 밤이
이리도 서러운 약속인 줄

창문가에 흔들리는 밤을 그리며
홀로 서성이는 이곳이
시리도록 아픈 외로움인 줄

당신 모습 보이지 않아
그리웁고
그대 생각 너무 간절하여
밤을 지새우고

님의 모습 떠올라
눈물 흘리우네

두 번째 편지: 비겁한 사람

남들 다 하는 그 뻔한 거짓말 한 번을 하지 않았네요.

평생 웃게만 해 준다는 말
평생 지켜 주겠다는 말
항상 내 편이 되어 주겠다는 말
그 흔한 거짓말 한마디 한 적이 없었네요. 당신은

아, 당신은 정직한 사람이었지요.
거짓말하면 그대로 얼굴에 나타나는 사람이었지요.
참 바보 같은 사람이었어요. 당신은

그게 더 원망스러워요.
구태여 당신을 원망하고 싶은데
그럴만한 기억이 떠오르지 않아요.
빈말이라도, 거짓말이라도 해 주지 그랬어요.

그렇지 않은 당신은 비겁한 사람이었네요.

원망도 못 하게 하네요. 당신은

두릅

꽃이 필 때쯤
그이가 두릅을 따러 오라며
손을 휘젓는다.

키 큰 본인이 직접 따주면 될 것을
굳이 나보고 따란다.
한걸음 달려와 건네주면 될 것을
단양 두읍리 시골 마을까지 오란다.

손때 묻지 않은 개두릅을 누가 알려 줬을까
한 봉지 가득 담았다.

그이 좋아했던 맥주 하나 나눠 마신다.

"사람은 죽기 전까지 안 변한다더니, 나는 변하지 않았는데 그대는
변했네요."

봉지 속 두릅을 한 움큼 쥐고

그대 넌 곳에

내던지며 울었다.

토렴

쓸려 내려가는
하나의 밥알 중
하나같다

엉겨 붙거나
어디든 매달리지 못하고
와르르
쏟아져 내린다

다시금 몇 번이고 나는
쏟아져 처박힌다

왜 나만 이리 고통스러울까
나는 무얼 위해
짙어져야만 하나

엄마

'엄마'라는 단어에
자신의 것을
아무도 알지 못하게
마구 꾸겨 넣었다

허드레 인생

무의미한 시간이 몇 년이나 흘렀다.
마냥 바쁘게는 살았다.
시간을 허비해야만 했고
수진이와 아들이 빨리 커 주기만을 바랐다.

나는 자식들을 위해 살았다고 말할 수 없다.
그렇다고 나를 위해 살지도 않았다.

용기가 없어 죽지 못했을 뿐이다.
그저 허드레 인생이다.

나의 과오

그이가 떠났다.
서른이 조금 넘은 나와 열 살 수진이, 여덟 살 아들
세 식구만이 남았다.

어떻게 살아야 할지 너무나 막막했다.
정말 앞만 보며 달리듯 살았고
무조건 바쁘게 살아야 할 것만 같았다.

수진이와 아들이 어떻게 크는지도 몰랐다.
내가 무심코 흘린,
사랑이라고 부르기도 민망할 만한
결코 채워질 일 없는 미숙한 보살핌의 짓들

땅에 떨어진 그것들을 수진이와 아들이 주워 가며 컸다.
내 자식들은 그렇게 나를 따라오고 있었다.

꽃처럼

나도
저
꽃처럼
지고 피었을 때
또 아름다웠으면 좋겠어

그럼
너도
다시 나를
보러 와 줄 거잖아

목소리

어느덧
해가 밝아 그대의 목소리
희미하게 다가온다

꿈속에서 함께 거닐던
그 목소리
십 년이 지나도 한결같은
그 목소리

어찌 바로 일어날 수 있을까
그대는 아직
나의 꿈인 것을

음주(蔭酒)

달이 뜨면
잔에 술을 채웠고

달이 한쪽으로 기울어 흘러넘칠 때
잔을 내려놓았다

나만

누군가에게는 아무 일도 아닌 것이
내게는 어찌 그리 서글픈지

누군가는 쉽게 털을 수 있는 일이
내게는 왜 이리 무겁고 버거운지

누군가에겐 그냥 넘길 일들이
나는 왜 이리 한탄스럽고 원망스러운지

흰나비

흰나비를 좋아한다. 나는 모든 곤충과 벌레를 무서워하는데 유독 흰나비가 내게로 날아들면 그리 반가울 수가 없다.

옛 어른들이 종종 말하던 미신은 그냥 있는 말이 아니라고 생각한다. 그중 나는 '사람이 죽으면 흰나비로 잠시 모습을 보인다'는 말을 믿는다.

그이의 장례 중 있었던 일이다. 장례를 도와주는 인부들과 어른들은 급한 일을 처리하듯 정해진 날짜와 시간에 맞추어 그이를 선산으로 옮겼다.
이미 그이를 기다렸다는 듯이 산 중턱 깊숙이 파 놓은 못자리가 있었고, 그이는 우는 나를 두고 말없이 끌려 들어갔다.

한참을 흙으로 채우고 지면과 같아졌을 무렵, 인부는 수진이 키만 한 나뭇가지를 박고 만 원짜리를 구걸하며 가지가지마다 그것을 꽂았다.

그때 내 오른쪽 어깨에 말없이 앉아 있던 흰나비를 보았다.

나는 손을 휘저었고 흰나비는 사뿐히 날아들다 이내 내 어깨에 다시 앉았다. 나는 다시 먼지를 털듯 어깨를 쓸었고 흰나비는 두어 바퀴 크게 돌다 다시 어깨에 앉았다. 별의를 느끼지 않고 다시금 어깨를 들썩였다. 이를 본 고모할머니께서 내 어깨를 붙잡으며 말씀하셨다.

"아이고, 수진 애비가 발길이 안 떨어지나 보네. 그냥 둬…."

그 뒤로 흰나비는 아주 천천히 날개를 폈다 접었다 할 뿐, 한참을 내 어깨에 앉아 있었다.

그때 그 흰나비와 많은 이야기를 나누었다. 미안하다고 말했고, 잘 가라고 인사했다.

십여 분이 지나서야 흰나비는 사뿐히 날아올랐다.

그 후로 나는 매년 봄을 기다린다.

불편한 산책

요즘은 저녁 여덟 시가 되어도 날이 밝아
부질없는 감수성이 조금 늦게 방문을 한다.

몇 걸음 걷지 않았는데도 땀이 송글 맺히고
목선 아래부터 등골을 따라 꿉꿉함이 몰려와 불쾌해지는 것 같다.

이런 날은 제발 그 누구도
나를 그저 바라만 봐주었으면 좋겠다.
몸에 밴 모든 친절이 거북해진다.

나의 불만족스러운 이 모든 감정은
모두 너의 과오이므로
연민의 마음으로 나를 불쌍히 봐주었으면 좋겠다.

어느 시인의 말

당신의 웃는 얼굴이 기억나지 않으면
그만 울어도 된다 했는데
내게는
너무도 가까운 기억입니다

언제쯤이면 당신의 그 미소가 잊힐까요
나는
언제쯤이면 울지 않을까요

과거는 가깝고 미래는 먼 것이라던데
몇 시간 후인 내일보다
이십 년 전이 더 가까운 것은
너무합니다

5부

눈

눈이 얼마나 많이 왔는지
나의 애달픔과 함께
저만치 높이도 쌓였습니다

나의 음지로 긁어모아
서너 달은 가뿐히 감추어 두고 싶습니다

하루에 한 방울씩 떨군 눈물이
흩어지지도 않고
바닥에서부터 바늘처럼 솟아
얼어붙었습니다

볕에 무너지겠지요
봄이 오겠지요

그렇겠지요

섬진강

섬진강 기억을 담는 이는
나뿐만이 아니더라

소꿉장난하는 아이의 손등과
골목 어귀 돌아
휘감아 치는 햇살을
내 어깨의 작은 가방에
넣어 갈 수 있을까

사랑을 받는다는 것

그때의 그대는
유수하고 수려한 단어로
나를 치장시켰고
그때의 나는 덧없이 아름다웠다

그 시절
그대가 말한 그 아름다운 단어들이
지금의 내 모습과 어울린다면
나는 지금도 사랑받고 있는 것이겠지요
낯선 이유는 그대가 없기 때문이고요

보덕사

빗방울이 유려한 소리를 내며 처마를 친다

할머니의 손을 잡고 따라온 여섯 무렵 소녀가 저 멀리
잣나무 위에 앉은 다람쥐를 보고 방긋 웃었다

텃밭에서 두 여승이 얼굴만 한 상추 서너 개를
우산마냥 머리 위로 들고 뛰어온다

당신의 미소가 어렴풋이 스친다

오늘 보고 싶다

인생은 고쳐 쓰는 것이다

헤밍웨이가 말했다. 모든 초안은 쓰레기라고.

글도 그렇고 인생도 그렇다.

모든 것은 수십, 수백 번 고쳐 쓰는 것이다.

동강 둔치

하염없이 걷다 보니 동강 둔치까지 왔다.

물 깊이로 보아 배꼽까지도 못 미칠 것 같아 아쉬운 마음이 들었다.

나이테 낀 동강 둔치에 앉았다.
돌멩이들은 나 대신 이 얕은 강물에서 충분히 익사할 수 있을 것이
라 생각했다.

근처 모든 돌멩이를 주워 하나씩 하나씩
강물로 내던졌다.

손닿을 거리의 모든 돌멩이 사형 집행을 마치고
주머니를 뒤적여 노잣돈 오백 원을 집어던졌다.

"아⋯."

오백 원짜리 나의 고민

잠이 오지 않는 밤

유난히 잠이 오질 않는 밤이 있다
잠에 들기 위해 책을 읽고 의미 없이 리모컨만 두드린다

도통 잠이 오질 않는다
몸은 너무 피곤한데 막상 누우면 금세 몇 시간이 흘러 있다

왜 나만 더 긴 하루를 보내야 할까

아네모네

아네모네꽃이 되었다
만인의 사랑이 되길 바란 죄로

누군가 날 사랑해 주었다면
그럼에도 믿어 주었다면
마당에 핀 모란꽃이었겠지

그러나

아네모네꽃이 되었다
썩어 문드러 없어질 줄 알았는데

누군가 날 꺾어 가 준다면
드리어 품어 준다면
그래도 꽃이라 여기우겠지

거짓말

살면서 내가 원하는 것이 무엇인지 망각하며 살 때가 있다.

유독 이때 불현듯 다양한 거짓말을 한다.

그리고 이때의 거짓말이 꽤 오래 지속되는 경우를 심심찮게 스스로 봐 왔다.

누구나 나만의 오래된 거짓말 몇 개씩 가지고 있다고 생각한다.

아주 사소한 거짓말이 이 무료한 삶에 조금이나마 활기를 주기도 하지만, 공공연하게 이를 발설하는 나를 보고 있노라면 다소 무섭기도 하다.

이 사소하지만 거대한 거짓말을 사실로 만들기 위해 스스로 타협하고 노력하기도 한다.

하지만 결코 이러한 거짓말은 생각보다 쉽게 이루어지지 않는다.

심지어 이것이 고착되어 평생을 그리 믿으며 살아가기도 한데, 이것이 참 씁쓸하기 그지없다.

돌이켜 보면 이 거짓말들이 진정으로 내가 원하는 것이 아닐까 하는
생각이 든다.

딸의 일기

우연히 수진이가 어렸을 적 썼던 일기장을 보았다.

뜨문뜨문 날짜와 그날의 날씨가 귀엽게 그려져 있는 열네 살 소녀의
일기였다.

주로 그날의 사소한 일에 대해 엄마인 나에게 말을 했고, 항상 말미
에는 '엄마 사랑해요', '엄마 보고 싶어요'가 적혀 있었다.

이 못난 엄마가 얼마나 필요했을까.

물때

어렸을 때부터 지금까지 이사를 여러 번 다녔다.

이사를 갈 때에는 항상 아쉬운 마음이 들지만 이내 쉬이 집에 대한 애정이 사라지곤 했다.

나의 이런 마음을 집은 아는 것만 같다. 퇴근 후 집이 유독 초라해 보일 때가 있다.

특히 화장실 물때가 그렇다.

며칠 지나지 않은 것 같은데, 전에는 분명 더 더디게 꼈던 붉은 물때와 곰팡이가 보인다.

마치 나의 마음이 멀어진 것을 집이 알고 있는 것만 같다.

하물며 사람은.

발맞춤

좋아하는 사람과 걸을 때면 발을 맞추며 걸었다. 오래전부터 버릇처럼 그랬던 것 같다.

어린 시절 아버지 손을 붙잡고 걸을 때, 아버지가 왼발을 디딜 때면 나도 꼭 왼발을 디디며 걸었다. 발 폭의 차이로 아버지 왼발과 나의 오른발이 겹칠 것 같으면 요란한 발재간으로 다시 왼발로 맞추곤 했다.

나이가 들어 그이를 만난 후로는 그이의 발걸음에 맞추었다. 그때도 발 폭의 차이는 있었지만, 워낙 걷는 속도가 빠른 편이라 그이와 한 번 발을 맞추면 굳이 신경을 쓰지 않아도 제법 잘 맞았다.

직장 생활을 할 때는 존경하는, 내가 닮고 싶은 상사의 발에 맞추었다. 상사가 첫 계단을 왼발로 밟으면 나도 똑같이 왼발로 첫 계단을 밟았다. 발을 맞추어 걸으면 그 사람처럼 될 것만 같았고 마음을 같이할 것만 같았기 때문이다.

지금 우리 아버지와 그이는 이 세상에 없고 직장에서도 닮고 싶은 사람이 없다. 발맞춤의 대상이 없어서인지 어느 순간부터 걸어 다니는 것조차 좋아하지 않게 되었다. 닮고 싶은 사람이 없어질 만한 나이가 된 것도 같다.

그렇다고 지금의 내가 누군가보다 앞선 인생을 살고 있다는 말은 아니다. 나는 사실 이 세상 누구보다 뒤처진 인생을 살고 있다고 자각하며 지낸다.

마냥 걷는 게, 내 에너지를 쓰며 한 발 한 발 내딛는 것이 재밌지가 않다.

누군가와 발을 맞추어 살아가는 인생이 그립다.

두통

인생이 너무 버거운 날엔
당신이 겹겹이 싸여 있다

달가움을 주지 않는 당신,
찢어지지 않게 한 겹 한 겹
당신을 떼어 낸다

나의 오감을 건드는 당신의 기억들
이 시간에는 옴짝달싹할 수 없어
숨만 쉬게 된다

옆에 있지도 않은 당신에게 제발 부탁할게요
내 머릿속에 매달리지 마세요

세 번째 편지: 당신이라는 꽃말

오늘은 아들이 빨간 장미 한 송이를 내게 줬어요.

나에게 꽃을 선물한 사람은 당신과 당신을 너무도 닮은 아들뿐이에요.

내게 꽃을 선물하라고 당신이 알려 주었나요?

무척 기뻤지만 조금은 당황스러웠어요.

꽃은 지금의 내 인생과 어울리지 않는다 생각했던 것 같아요.

우습게도 "꽃말이 뭐야?"라고 물었어요.

당신의 아들은 '사랑'이라고 하더군요.

아들이 준 장미는 다른 장미와는 조금 달랐어요.

잎이 유독 빨갛고 향은 코를 지나 폐 깊숙이 머물렀어요.

집에 돌아오는 길에 꽃보다 훨씬 비싼, 유리로 된 꽃병을 샀어요.

며칠 못 가 시들 것을 알면서도 말이에요.

그냥 장미꽃이 아니잖아요.
여느 장미와는 다르다는 것을 내가 말했었나요?

그래서 다른 꽃말이 필요할 것 같아요.
뻔한 꽃말 말고요.
뭐가 좋을까요.
'당신'이라는 꽃말 어때요?

소녀 희순

점심시간

점심시간이 되면 무얼 먹을지 메뉴보다 아들이 먼저 생각난다.

유독 옛날부터 아들에게는 해 준 게 없다.

아들의 중학교 입학 며칠 전, 집 앞 골목에 있는 허름한 교복집에서 저렴한 값에 교복을 맞췄다. 그럼에도 그 자식은 단 한 번 불평이 없었다.

'사내라 괜찮다. 남자는 강해야 한다' 하는 마음도 없었는데 왜 그리 챙겨 주지 못했는지 모르겠다. 변명하자면 그 당시 내 인생이 너무도 힘들었다. 나는 그이와 닮은 아들에게 희생을 강요하고 방치했다.

아들이 열여섯 살쯤, 어린 나이 때부터 아들은 홀로 생활하며 거의 모든 청소년기를 보냈지만 한 번을 속 썩인 적이 없었다.

이 못난 아들이 어느덧 서른이 넘어 두 아이의 아빠가 되었다.

결혼할 당시에도 보탬 없이 오히려 이불 값을 도리어 건네며 결혼식을 올렸다.

아들의 아이가 태어난 날, 나는 의미 있는 술을 마시며 아들에게 전화를 걸었다. 기나긴 농사를 마친 기분이라며 눈물을 흘렸었다.

하지만 솔직히 말해서, 나는 부모라는 농부로서 씨앗에 물 한 줌 주지 않았다.

그럼에도 그 씨앗은 따스한 흙 없이 비바람과 눈 속에서도 스스로 꽃을 피웠다.

나는 평생 죄인이라는 이름표를 가슴팍에 못 박아 살았는데 이것이 저절로 뽑힌 듯한 후련한 느낌이 들었다.

이후 십수 년 동안 꾸준하게 아들은 하루에 한 번씩 나에게 전화를 걸어 시답잖은 안부를 묻는다. 어느 날은 "식사 맛있게 하세요." 말하며 그냥 끊는 날도 많다.

나에게 있어 이 세상에서 가장 착한 사람은 나의 아들이다.

이런 아들이 이혼을 했다. 심지어 두 아이를 모두 키우며 살아가기로 했단다.

불쌍한 내 아들… 착하면 바보라 했던가. 바보 같은 나의 아들이다.

이때 알았다. 나는 아들이 마음에 들지 않는다. 아들이 어렸을 때부터 나는 마음에 들지 않았던 것이다.

이놈은 망할 나와 성격이 너무나 닮았다. 항상 손해 보는 것이 편한 성격은 물론이고 안으로 화를 키우는 안 좋은 습관과 심지어 스트레스를 받으면 속부터 안 좋아지는 것까지 닮았다.

나와 너무 닮아서 그게 너무 싫었다. 나처럼 살지 않기를 바랐는데, 나의 이 바람이 아들을 이 지경으로 내몰았을 것이다.

나는 다시 죄인이 되었다.
하지만 왜일까. 가끔씩 고마운 마음이 든다.
색동저고리 입은 아들이 다시 내 곁으로 온 느낌이 든다.

열두 시 사십 분,
곧 아들에게 전화가 올 것이다.

미운 아들

나는 여전히 아들이 밉다. 여덟 살 어린 나이 아버지를 여의고 그이를 통해 보고 배운 것이 없을 텐데, 항상 차근한 말투며 의미 없는 농담과 기분에 따라 바뀌지 않는 미소까지. 어찌 이리 언어 습관 하나하나 똑같을까 소름이 끼치는 일이다. 심지어 네모난 턱선으로 웃을 때 보이는 금니와 치아 모양까지 똑같아 미워 죽겠다.

아들이 어렸을 때, 골목을 운전하다 길을 막고 걷는 할머니께 경적을 울린 적이 있었다. 그때 아들이 "엄마! 할머니 놀라시면 어떡해요!" 라며 처음으로 내게 소리쳤다. 그때 크게 혼난 후로 나는 지금까지도 어지간해서는 경적을 울리지 않는다.

요즘은 내가 먼저 아들에게 전화하는 횟수가 늘었다. 술 한잔하면 가장 먼저 생각이 났고, 수진이에게 못할 시시콜콜한 이야기까지 아들에게는 하게 되었다. 사소한 인생 투정과 불평 섞인 신세 한탄이 전부다. 하지만 아들은 삼십 분이고, 한 시간이고 웃으며 맞장구치고 어린 놈이 진심 어린 조언도 잘한다.

아들은 내가 밉지도 않나 보다. 그래서 더 못났다. 내 아들.

엄마가 내가 아니었다면 얼마나 좋았을까.

내가 엄마이기 때문에 나의 멋진 아들은 미운 아들이 되었다.

소풍

철없고 죄 많은 엄마는 아들과의 추억이 몇 없다. 아들이 아주 어린 시절부터 성인이 될 때까지 여행을 가 본 적이 없었다.

스무 살이 된 아들은 평일 낮에 집에 있는 시간이 종종 있었다. 한 날은 늦은 아점을 먹으며 아들에게 가고 싶은 곳이 있냐고 물었다. 다 큰 아들은 박물관에 가고 싶다 했고 비교적 가까운 거리인 충주로 행선지를 정했다. 해야 할 빨래가 있었지만 그날은 아들과의 소풍이 오래 밀린 빨래 더미와 같이 느껴졌고, 양치만 하고 가벼운 옷차림으로 이내 집을 나섰다.

내리쬐는 볕에 후끈하게 달궈진 차를 탔다. 에어컨을 트는 것보다 창문을 열어 바람을 맞이하고픈 날씨였다.

아들은 어김없이 찬송가가 나오는 라디오 주파수를 맞추었다. 평소 같았으면 신경질적인 말투를 내던지며 라디오를 껐을 텐데, 그날은 아무 말 없이 들으며 모르는 찬송가를 흥얼거리기까지 했다. 이에 아들도 기분이 좋아졌는지 찬송가를 따라 부르며 이런저런 학교생활에 대한 이야기를 꺼내었다. 어색하지만 기대 어린 아들의 표정을 운전 중 곁눈으로 고이 담았다.

　우리는 한 시간이 조금 넘어 충주의 한 유적지에 도착했다. 평일 낮 유적지는 전세를 낸 것처럼 한적했고 어색한 첫 여행에 제격이라는 생각이 들었다.

　평일임에도 유적지 입구에는 솜사탕을 파는 노부가 있었고, 나는 묻지도 않고 스무 살 아들에게 솜사탕 하나를 손에 쥐여 주었다. 착한 아들은 솜사탕을 먼저 떼어 주며 "좋아하시나?" 하고 물었고, 나는 좋아하지 않는 솜사탕을 말없이 입에 넣으며 미소로 답했다.

　넓은 유적지 중앙에는 큰 석탑이 있었고 이를 지나 우리는 한 건물 안으로 들어갔다.

　그곳에는 얼굴이 뚫린 통일 신라 장군이 늠름하게 서 있었다. 아들은 사진을 찍어 줄 테니 뒤로 가 서 보라며 내 등을 밀었다. 나는 장군 모습의 나무 패널 뒤로 가 구멍에 얼굴을 들이밀었고 아들이 가로로 한 번 세로로 한 번 사진을 찍어 댔다.

　아들이 보여 준 사진에는 패널에 가려져 보이지 않았지만, 검지와 중지를 수줍게 치켜세웠던 어색한 나의 모습이 있었다.

　둘만의 소풍이 끝나고 집에 돌아오는 길, 아들은 찬송가 라디오 대신 내가 좋아했던 가수의 노래 시디를 넣었다.

몇 년이 지난 후, 아들이 뜬금없이 그날 찍은 사진을 보내왔다.

사진에는 장도를 든 늠름한 모습의 장군 패널과, 이와 상반되게 낮술을 마신 것처럼 처진 눈매와 힘겨운 입꼬리의 내 얼굴이 있었다.

그리고 나의 이 어색한 모습을 바라보는, 아들의 행복한 미소가 담겨 있었다.

미운 손주

네 명의 손주 중 미운 손주 한 명이 있다.
아들의 딸이다.

가족 중에 수진이에게만 있는 인디언 보조개가 있어 밉고,
얼굴도 못 본 그이의 귓불을 그대로 물려받은 그 모양이 밉다.

나의 손주

소주

오늘도 어김없이 저녁을 먹으며 소주를 마셨다.

몇 년이 지나도, 며칠을 연거푸 마셔도 소주가 달다고 말하는 이들의 마음을 알 수 없다.

소주와 나의 궁합이 좋지 않은 것이 확실하다.

그럼에도 소주와 나는 애증 관계이다.

별의 없이, 한 번에 마시기엔 벅찬 잔에 소주를 가득 따른다.

대담한 척하며 잔을 살짝 쥐고, 숨을 내쉰 후 술잔을 입에 댄다.

그 순간 분명 목구멍에서부터 거부하고 있음을 느낀다.

하지만 그렇다고 억지로는 아니고, 뭔지는 모르겠지만 자의에 의해 그것을 삼킨다.

아무 말 않고, 코로 숨도 쉬지 않으며 물을 마신 후 짭짜름한 안주 하나 냉큼 주워 먹는다.

수년째 무얼 삼키고 싶은 것인지.

그대가 있었다면 달라졌을까요

내가 사는 집
요즘 나의 고민
수진이와 아들의 직업
내가 좋아하는 시와 노래
나의 여가
공포 영화를 좋아하는 취향도
달라졌을까요?

이 공기
이 우울

세상이 바뀌었겠지요
우주도 달라졌겠지요

당신은 어떻게 생각하나요?

기분이 좋아지는 주문

늦은 저녁, 아들에게서 전화가 왔다.
어제와는 달리 힘 빠진 목소리의 아들이었다.

나는 "혼자 서울 생활하느라 힘들지?" 하며 기분을 물었고
아들은 나를 걱정시키기 싫은 듯, 일 초도 고민하지 않고
"아니요…. 아, 엄마! 힘들 때 나만이 하는 주문이 있어! 엄마만 특별
히 알려 드릴게!"라고 말하며 인사와는 다르게 확신에 찬 목소리로 대
답했다.

나는 그것이 무엇이냐 물었고, 아들은
"아이 마주쳐라~ 강아지 마주쳐라~"라고 대답했다.

그게 무슨 말이냐는 물음에
"멀리서 어른 검지손가락 한 마디를 잡고 아장아장 걷는 아이와 마
주친다고 생각해 보세요. 상상만 해도 기분이 좋아지잖아요?"라고 답
했다.

나는 집에 도착할 때까지 못 마주치면 기분이 안 풀리는 것이냐 되물었고, 아들은

"괜찮아. 그러면 집에 들어가기 전에, 운동 삼아 집 뒤편에 있는 조그마한 슈퍼에 들러서 초코우유 하나 마시면 돼."라고 답했다.

"초코우유 하나 마시면 기분이 풀리든?"이라는 물음에

"아니. 그 슈퍼 입구에 항상 강아지 한 마리가 난로 옆에 누워있어. 곁눈으로만 손님들을 힐끔힐끔 쳐다보는데 꼬리를 사방팔방 마구 흔들어 줘."라며 웃었다.

영혼의 무게

.

어떤 학자는 사람이 죽으면 21g의 질량을 잃는다고 하며
그것이 '영혼의 무게'라 말했다.

심상도 같지 않을까.
신경 세포에서 나오는 신호인 이미지나 추억도,
'기억'에도 무게가 있지는 않을까.
고통이라는 감정에 무게를 느끼는 이유는 이와 같을 수도 있겠다.

그렇다면 혹시

내가 당신을 생각하는 한
당신은 이 세상에 살아 있지는 않을까?

소녀
희순

ⓒ 권은혁, 2023

초판 1쇄 발행 2023년 7월 31일

지은이   권은혁
펴낸이   이기봉
편집   좋은땅 편집팀
펴낸곳   도서출판 좋은땅
주소   서울특별시 마포구 양화로12길 26 지월드빌딩 (서교동 395-7)
전화   02)374-8616~7
팩스   02)374-8614
이메일   gworldbook@naver.com
홈페이지   www.g-world.co.kr

ISBN   979-11-388-2157-5 (03810)